Der Taubenmann von Teterow
Ein Obdachloser, der nie einer war

FSC
www.fsc.org
MIX
Papier aus verantwortungsvollen Quellen
Paper from responsible sources
FSC® C105338

Herold zu Moschdehner

Der Taubenmann von Teterow

Ein Obdachloser, der nie einer war

Bibliografische Information der Deutschen Nationalbibliothek
Die Deutsche Nationalbibliothek verzeichnet diese Publikation in der Deutschen Nationalbibliografie; detaillierte bibliografische Daten sind im Internet über http://dnb.d-nb.de abrufbar.

ISBN: 978-3-7693-0922-5

Verlag: BoD · Books on Demand GmbH,
In de Tarpen 42, 22848 Norderstedt
Druck: Libri Plureos GmbH, Friedensallee 273,
22763 Hamburg

13,99 Euro

Vorwort

Die Stadt Teterow ist ein Ort, der so ruhig und still scheint wie das Wasser in einem Brunnen an einem frostigen Wintertag. Und doch, manchmal wohnt in der Stille ein Geheimnis, das sich den Blicken entzieht und nur in den Zwischenräumen des Alltags lebt. Dies ist die Geschichte eines solchen Geheimnisses – die Geschichte des Taubenmanns.
Wer er war, woher er kam und warum er gerade diese kleine Stadt im Herzen Mecklenburgs wählte, wird nie ganz geklärt werden. Die Menschen, die ihm begegneten, erzählen von einem schweigsamen Mann in einem zerschlissenen Mantel, begleitet von einem Schwarm Tauben, die ihm treu folgten wie Schatten. Seine Augen waren tief und geheimnisvoll, seine Bewegungen leise, und in seinem stummen Dasein ruhte eine Macht, die so unbegreiflich war wie die Nacht selbst.
Für die Bewohner Teterows war der Taubenmann sowohl ein Mysterium als auch ein Teil ihres Lebens – ein unnahbarer Fremder, der in der winterlichen Kälte saß und dabei, ohne ein Wort zu sprechen, die Stadt und ihre Menschen beobachtete. Einige sahen in ihm einen Schutzengel, andere einen Geist, der den Platz heimsuchte. Doch vielleicht war er einfach nur ein Beobachter, der aus einer fernen Welt zu uns gekommen war, um einen Blick auf unsere Leben zu werfen, bevor er wieder in das Nichts verschwand, aus dem er gekommen war.

Die folgende Erzählung ist eine Sammlung dieser Begegnungen, Erinnerungen und Spekulationen, ein Mosaik aus Wahrheiten und Gerüchten, das vielleicht der Wirklichkeit nahekommt – oder auch nur eine Facette der endlosen Legenden ist, die sich um ihn ranken. Diese Geschichte soll den Taubenmann nicht erklären, denn manche Geheimnisse sind dafür geschaffen, nie ganz enthüllt zu werden. Sie sollen die Fantasie anregen, eine Ahnung des Unfassbaren schenken und uns daran erinnern, dass auch in den stillsten Ecken unserer Welt das Unerklärliche wohnt.

Dies ist die Geschichte des Taubenmanns von Teterow – ein stiller Wächter, ein Schatten, ein Fremder, der den Weg in die Herzen derer gefunden hat, die ihm begegneten.

Kapitel 1: Der Mann am Hechtbrunnen

In Teterow gab es nichts, was Aufsehen erregte. Die Tage rollten wie Wagenräder durch die Straßen, die immer gleichen Gesichter, die immer gleichen Stimmen, das immer gleiche Leben. Und doch gab es einen, der aus dem Einerlei herausfiel, still und fremd wie ein Kiesel in der Schuhsohle – er war einfach da. Sie nannten ihn den „Taubenmann."

Dieser Taubenmann, der stets einen kaputten Mantel trug, grau und abgetragen wie die Reste eines zerschlissenen Zeltes, schien ein Teil der Stadt zu sein, genauso wie der Hechtbrunnen, auf dessen Rand er meist saß. Man konnte meinen, der Brunnen selbst hätte ihn ausgespuckt, doch niemand wusste, wann oder wo er aufgetaucht war. Er saß dort, die Kapuze tief ins Gesicht gezogen, reglos wie ein Stein, der von Moos und Flechten bedeckt wurde. Wer genauer hinsah, bemerkte, dass seine Hände schmutzig waren, schwielig, als hätten sie Erde und Rost und noch vieles mehr in sich aufgesogen. Hände, die von einer Vergangenheit sprachen, die hier niemand kannte.

Das Seltsame war: Er sprach nie. Die Menschen tuschelten, Kinder glotzten, Mütter zogen sie rasch zur Seite, wenn sie an ihm vorbeigingen, als sei er ein dunkles Omen. Doch der Taubenmann schien nichts davon wahrzunehmen. Er saß einfach da, den Blick auf den Brunnen gerichtet, als ob nur dieser ihm Gesellschaft leisten könnte.

In den frühen Morgenstunden kam er an den

Hechtbrunnen, im grauen Dämmerlicht, als gehörten ihm diese Minuten der Stille. Erst wenn die Stadt langsam zum Leben erwachte, verschwand er wieder, aber nie ohne seine Begleiter – die Tauben.

Es begann mit wenigen Tauben, dann wurden es mehr. Sie scharten sich um ihn, saßen auf dem Brunnenrand, auf seinen Schultern, auf seinem Kopf. Sie sahen aus, als wären sie lebendig gewordene Schatten, die ihn umgaben, als wäre er ihr Anführer. Wer genau hinsah, konnte erkennen, wie der Taubenmann gelegentlich seine Lippen bewegte. Manchmal schien er etwas aus seinem Mund zu holen, ein kleines Stück, kaum erkennbar, das er den Vögeln darbot. Und die Tauben, als wären sie diesem Ritual ergeben, nahmen es von seinen Händen oder direkt von seinen Lippen. Niemand wusste, was er ihnen gab. Manch einer sagte, es seien Körner, andere flüsterten, er gäbe ihnen seine Seele in kleinen Portionen. Vielleicht waren es die Worte, die er nicht mehr sprach, die Gedanken, die er nicht mehr teilte, in kleine, unsichtbare Stücke zerteilt, die er den Tauben opferte.

Die Stadt begann, ihn zu ignorieren, wie man einen alten Baum ignoriert, der irgendwo in der Ecke steht, vernarbt und mit einem Herz eingeritzt, dessen Bedeutung längst verloren gegangen ist. Er war einfach da, der Taubenmann, ein Teil der Stadt, ein Mann, von dem die meisten beschlossen, dass er verrückt oder einfach nur einsam war. Es gab Geschichten über ihn. Die Kinder hatten die besten: Der Taubenmann sei ein alter König,

verflucht, bis in alle Ewigkeit in Teterow zu bleiben. Andere sagten, er sei ein Kriegsheimkehrer, der nie heimgekehrt war. Wieder andere behaupteten, er sei ein Prophet, der die Tauben schickte, um die Stadt zu überwachen. Jede Legende fügte dem Bild eine Schicht hinzu, und der Taubenmann, der Mann, der nie sprach, wurde zum Mythos.
Und so gingen die Tage ins Land, und jeden Morgen kam der Taubenmann zum Brunnen, setzte sich auf den Rand und wartete. Seine Augen, von einer trüben Melancholie erfüllt, blickten stets in die Ferne, als würde er etwas erwarten, das niemand außer ihm sah. Die Tauben kamen, viele, viele Tauben, die auf ihn herabstiegen wie eine lebendige Wolke, und er empfing sie mit einer Stille, die beunruhigend war, einer stillen Autorität, die man ihm ansah. Die Kinder wagten es manchmal, näher zu kommen, sahen zu, wie er die Tauben fütterte, wie sie auf seiner Schulter landeten, wie sie ihm in einer Art unheimlicher Zuneigung zugeflogen kamen. Und wenn er dann doch einmal aufstand und fortging, folgten sie ihm, die grauen Schatten mit Flügeln, als würden sie ihn niemals allein lassen. Manchmal, in den frühen Stunden, bevor der Markt erwachte, schlich sich ein betrunkener Heimkehrer heran, schimpfend oder lallend, aber immer mit einer Art Achtung in der Stimme, die er nicht erklären konnte. Und immer wich der Betrunkene irgendwann zurück, eingeschüchtert von dem Blick des Taubenmannes, der mehr von Einsamkeit sprach als tausend Worte es gekonnt hätten.

Es war nicht das, was er sagte, sondern das, was er verschwieg, das die Menschen erschütterte.

Kapitel 2: Das Ordnungsamt und der Taubenmann

Die Stadtverwaltung von Teterow war ein Ort des kleinlichen Verwaltungseifers, des Geflüsters hinter verschlossenen Türen und der Protokolle, die niemand wirklich las. Doch an diesem Dienstagmorgen machte der Taubenmann, der bisher nur eine stille, geduldete Erscheinung gewesen war, Schlagzeilen. Das Ordnungsamt bekam Meldungen von Bürgern, besorgten Müttern und verwirrten Händlern, die von dem unheimlichen Mann und seiner stetig wachsenden Gefolgschaft aus Tauben berichteten. "Eine Gesundheitsgefahr," hieß es. "Das lockt Ratten an." Und: "Diese Vögel verbreiten Krankheiten." Die Stimmen, die ihn toleriert hatten, wurden leiser, die Stimmen, die ihn loswerden wollten, lauter. Und so fiel die Entscheidung: Man würde den Taubenmann „ansprechen", herausfinden, wer er war und was er hier wollte.
Es war ein grauer Morgen, als zwei stämmige Männer in dunkelblauen Jacken auf dem Marktplatz erschienen, ihre Mienen ernst, die Brusttaschen vollgestopft mit Zetteln, auf denen eine Telefonnummer und die Adresse des Ordnungsamtes gedruckt waren. Sie hatten den Auftrag, höflich, aber bestimmt vorzugehen. Keiner von ihnen war auf das vorbereitet, was sie erwartete.
Der Taubenmann saß, wie jeden Tag, auf dem Rand des Brunnens, inmitten seiner grauen Schar. Die Tauben waren heute zahlreicher als sonst,

eine lebendige Decke aus Flügeln und Schnäbeln, die sich um ihn legte. Die Männer näherten sich langsam, das Geräusch ihrer schweren Schritte hallte über den Platz. Der ältere von beiden, ein Mann namens Herr Kretschmer, stellte sich vor. Er war städtischer Angestellter seit zwanzig Jahren, ein Mann, der an Briefmarkensammlungen und die Ordnung glaubte, und heute sollte er seine Erfahrung im Umgang mit Problemfällen unter Beweis stellen.
„Guten Morgen, mein Herr," begann er und hob die Hand, als ob er sich unsichtbaren Hindernissen entgegenstemmte. Doch der Taubenmann reagierte nicht. Er saß nur da, seine Augen auf das Wasser des Brunnens gerichtet, in einer Art stiller Meditation, als ob die Welt, die sich um ihn bemühte, gar nicht existierte.
„Mein Herr, ich spreche mit Ihnen! Sie sind hier auf öffentlichem Grund und müssen sich ausweisen." Herr Kretschmer, nun deutlich weniger höflich, versuchte einen Blick unter die Kapuze des Mannes zu werfen. Doch der Taubenmann reagierte nicht. Es war, als würde ein Stein ihm gegenüber sitzen. Kein Zucken, kein Wimpernschlag, nicht einmal ein Luftholen verriet, dass der Mann ihn überhaupt bemerkt hatte. Die Tauben jedoch – sie hoben die Köpfe, schienen die Luft zu wittern, und einige breiteten die Flügel aus, als ob sie sich zum Flug bereit machten.
Der zweite Mann, der jüngere Kollege von Herrn Kretschmer, namentlich Herr Reimann, trat ungeduldig von einem Fuß auf den anderen.
„Vielleicht sollten wir ihn anfassen," murmelte er, doch Herr Kretschmer schüttelte entschieden den

Kopf. Es gab etwas Unheimliches an diesem Mann, etwas, das sich jeder direkten Berührung entzog, ein unsichtbarer Schleier, der ihn von den anderen Menschen trennte.
Schließlich war der Moment gekommen, in dem sie handeln mussten. Herr Kretschmer, der sich nun entschieden hatte, den Mann festzunehmen, griff nach dessen Arm. Doch in dem Moment, in dem seine Hand die zerschlissene Stofffalte des Mantels berührte, hoben die Tauben zu einem gewaltigen Flug an. Ein Schauer grauer Flügel umgab den Brunnen, ein Rauschen, das so dicht war, dass es das Sonnenlicht dämpfte. Kretschmer und Reimann wichen zurück, erschrocken, fast als hätte die Erde selbst sie angefaucht. Der Taubenmann saß weiter still, doch die Tauben, seine grauen Schutzengel, trugen seine Verteidigung aus.
Am Ende mussten sie ihn festnehmen. Auf der Polizeistation, in einem engen Raum mit kahlen Wänden und einem metallischen Tisch, saß er allein. Man hatte ihm die Kapuze abgenommen, und darunter kam ein Gesicht zum Vorschein, das leer und doch voller Geschichten war. Eine tiefe Falte zog sich von den Augen bis hinunter zu den Mundwinkeln, und die Augen selbst, dunkel und unergründlich, schienen in die Ferne zu blicken, auch wenn der Raum klein und eng war.
Sie versuchten, ihm Fragen zu stellen. Sein Name, sein Geburtsdatum, seine Staatsbürgerschaft. Doch er sprach nicht. Sie nahmen ihm Fingerabdrücke, doch das System spuckte keine Ergebnisse aus. Kein Eintrag. Keine Spur. Er war ein Geist, ein Mann ohne Vergangenheit, ohne

Wurzeln, ein Mensch, der wie aus dem Nichts kam und dort auch wieder verschwand.
Am Ende, nach Stunden der erfolglosen Versuche, ihn zum Sprechen zu bringen, ließ man ihn wieder frei. Es gab keinen Grund, ihn zu behalten. Er hatte nichts verbrochen, nur gesessen und mit Tauben kommuniziert, eine seltsame und doch unschuldige Existenz. Und als er zurück auf den Marktplatz kam, scharten sich die Tauben wieder um ihn, als hätten sie auf ihn gewartet.

Kapitel 3: Der kleine Junge und die Tauben

Es war ein nasskalter Herbsttag, und die grauen Wolken hingen so tief über Teterow, dass man hätte meinen können, sie streiften die Dächer. Der Marktplatz war nahezu leer, nur ein kleiner Junge saß allein auf einer der klammen Bänke, die Finger verkrampft in die Riemen seines zerrissenen Ranzens gekrallt, während die Tränen lautlos seine Wangen hinabrollten. Es war ein Anblick, der das Herz eines jeden anderen Menschen erweicht hätte, doch niemand war da, um ihn zu trösten – bis auf den Taubenmann.
Der Junge, er hieß Jonas, war schmal und blass, mit großen, dunklen Augen, die an diesem Tag noch trauriger aussahen als sonst. Seine Mitschüler hatten ihn gehänselt, seine Schultasche zerrissen, die Federtasche aufgerissen und die Stifte im Matsch verstreut. Und nun saß er dort, starrte mit leerem Blick auf die Überreste seiner Sachen, die wie das traurige Abbild einer zerstörten Kindheit auf der Bank neben ihm lagen.
Doch während er so vor sich hin weinte, hörte er plötzlich ein Rauschen über seinem Kopf. Es begann leise, wie das Murmeln eines entfernten Stroms, doch wurde es bald zu einem tosenden Wirbel aus Flügeln und Federn. Jonas hob den Kopf, blinzelte durch seine verweinten Augen, und sah die Tauben. Sie kamen in Scharen, wie ein lebendiger, grauer Regen, der sich auf ihn herabsenkte, auf die Bank, auf seine zerrissenen Sachen. Vor Schreck zog er die Knie an die Brust, seine Hände verkrampften sich in den

Bänkrippen, während die Tauben wie in einer Art Wahnsinn um ihn herumflatterten, ihre Flügel wie düstere Wellen in einem Meer aus Grau und Weiß.
Und dann, so plötzlich, wie sie gekommen waren, ließen sie sich auf dem Boden nieder. Einige blieben auf der Bank, andere scharten sich um den Jungen, der zitternd und stumm dasaß. Da bemerkte Jonas eine Gestalt, die sich leise und langsam aus dem Schatten des Brunnens löste. Der Taubenmann war gekommen.
Er trat bedächtig näher, mit diesem unheimlich langsamen Schritt, der ihn wie ein Wesen aus einer anderen Zeit erscheinen ließ, und die Tauben schoben sich von ihm zurück, bildeten eine Gasse aus Federn und kleinen Schnäbeln, als wüssten sie, dass dies sein Moment war. Der Taubenmann blieb stehen, nicht mehr als einen Schritt vom Jungen entfernt, und sah ihn lange an. Jonas, noch immer vor Schreck erstarrt, wagte es kaum zu atmen, als der Taubenmann die Hand hob und auf die zerrissene Schultasche deutete.
Es war eine einfache Bewegung, ein kurzes, stilles Zeichen – und doch geschah etwas, das Jonas nicht begreifen konnte. Seine Schultasche, die eben noch in Fetzen vor ihm gelegen hatte, schien sich wie von selbst zu heilen. Die Risse schlossen sich, die Nähte zogen sich glatt, und auch die Federtasche, die so zerstört gewesen war, war nun wieder ganz, gefüllt mit frischen, neuen Stiften, sauber und ordentlich an ihrem Platz.

Jonas öffnete den Mund, wollte etwas sagen, doch kein Ton kam heraus. Der Taubenmann, still und geheimnisvoll, betrachtete ihn mit diesen tiefen, melancholischen Augen, die wie ein Spiegel ins Nichts schienen. Und dann, ganz ohne ein Wort, drehte er sich um und ging zurück zu seinem Platz am Brunnen. Die Tauben folgten ihm wie ein düsterer Hofstaat, jede einzelne bereit, sich ihm zu unterwerfen, als wäre er ihr König. Jonas blieb zurück, starrte auf seine Sachen, unfähig zu begreifen, was gerade geschehen war. Er hatte nicht nur seine Sachen zurückerhalten, sondern auch eine Art Trost, ein Zeichen, dass in einer Welt, die ihn so oft im Stich gelassen hatte, jemand da war, der ihm half, wenn auch auf eine Art, die ihm fremd und rätselhaft erschien.
Am nächsten Tag in der Schule sagte er nichts darüber. Die anderen Kinder wussten nicht, was geschehen war, und auch die Lehrer würden ihm kaum geglaubt haben. Doch tief in seinem Inneren trug er fortan ein kleines, stilles Geheimnis mit sich: die Erinnerung an den Taubenmann, den seltsamen Mann mit den traurigen Augen, der ihm in seiner dunkelsten Stunde geholfen hatte.

Kapitel 4: Rätselhafte Heilungen und Wiederherstellungen

Die Wochen vergingen, und der Herbst färbte die Bäume rund um den Marktplatz in Teterow in düstere Gold- und Brauntöne. Doch während die Stadt sich bereit für den Winter machte und die Menschen ihre Mäntel tiefer schlossen, blieb der Taubenmann immer derselbe – dieselbe graue Gestalt, derselbe zerschlissene Mantel, derselbe unerschütterliche Ausdruck der Leere in seinen Augen. Für die meisten war er nur eine merkwürdige Randerscheinung, ein Rätsel, das man lieber ignorierte. Doch unter der Oberfläche begann sich eine leise Ehrfurcht vor ihm auszubreiten, genährt durch seltsame Geschichten, die von Mund zu Mund gingen.
Die erste Geschichte, die wirklich die Runde machte, betraf eine junge Mutter, die ihr Kind jeden Tag auf dem Marktplatz herumtollen ließ, während sie selbst Einkäufe erledigte. Eines Morgens, als das Kind auf einem der großen Pflastersteine stolperte und sich das Knie blutig schlug, schrie es auf und versuchte, die Mutter zu rufen. Sie war in der Nähe, aber das Weinen des Kindes übertönte die Rufe. Da spürte es plötzlich eine Hand auf seinem Kopf, eine schwere, warme Hand, die wie ein Stein auf ihm ruhte. Das Kind drehte sich um und blickte direkt in das ernste, schweigende Gesicht des Taubenmanns. Die Tränen versiegten, und das Weinen verstummte. Und als die Mutter herbeigeeilt kam, um ihr Kind zu trösten, bemerkte sie, dass die blutige Wunde verschwunden war. Nur das

blanke Knie und eine leichte Röte auf der Haut waren zu sehen – als wäre das Blut und die Verletzung nur eine Einbildung gewesen.
Diese Geschichte sprach sich schnell herum. Die Leute waren zunächst skeptisch; vielleicht hatte sich die Mutter geirrt oder übertrieben. Doch bald folgten weitere Erzählungen, und es wurde schwer, sie als bloße Zufälle abzutun. Da war der Fall von Herrn Wendel, einem älteren Mann mit schweren Gichtanfällen, der oft auf dem Marktplatz saß und sich beschwerlich mit seinem Stock bewegte. Eines Nachmittags, als er versuchte, sich aus der kalten Herbstluft zu erheben, stand der Taubenmann plötzlich vor ihm. Kein Wort wurde gewechselt, doch Herr Wendel schwor später, dass die Tauben ihn umringten und auf den Stock hackten, als wollten sie ihn fortnehmen. Und als er es schaffte aufzustehen, verspürte er keine Schmerzen mehr. Die Gicht war nicht verschwunden, das war ihm klar, aber das nagende Stechen, das ihn seit Jahren geplagt hatte, ließ für einen Tag nach – ein Moment der Erleichterung, der ihm wie ein Wunder erschien.
Solche Berichte häuften sich. Eine ältere Frau erzählte, wie sie eines Morgens ihre Handtasche verlor und verzweifelt den Marktplatz nach ihr absuchte. Als sie die Hoffnung bereits aufgegeben hatte, entdeckte sie die Tasche – unversehrt und mit allen Wertsachen gefüllt – neben dem Brunnen. Und direkt darüber saß der Taubenmann, regungslos wie immer, doch die Frau schwor, dass seine Augen einen Moment lang zu ihr hinüberblickten, wie die kalten,

wachsamen Augen eines Vogels, der auf Beute lauert.
Es war nicht nur das, was der Taubenmann tat, sondern wie er es tat. Es gab keine Theatralik, keine großen Gesten oder Worte. Er blieb still und unnahbar, ein schweigender Beobachter, der sich den Gesetzen und Regeln dieser Welt zu entziehen schien. Doch die Menschen begannen, ihn mit einem neuen Respekt zu betrachten. Selbst diejenigen, die ihn als Ärgernis betrachtet hatten, wagten es nicht mehr, schlecht über ihn zu sprechen. Manche mieden den Marktplatz nun ganz und gar, aus einer Art irrationalem Respekt oder sogar Angst vor dem, was sie nicht begreifen konnten. Andere aber, besonders die Alten und die Kinder, fühlten sich magisch von ihm angezogen und kamen jeden Tag, um ihm zuzusehen.
Die Geschichten um ihn wurden immer fantastischer. Ein kleiner Junge behauptete, er habe gesehen, wie der Taubenmann nachts unter dem Brunnen verschwand, als ob die Erde ihn einfach verschluckt hätte. Eine Frau aus der Bäckerei erzählte, dass sie gesehen habe, wie er etwas in die Hand nahm, das wie ein kleines Stück Brot aussah, und als er es einem Vogel gab, schien der Vogel für einen Moment zu leuchten, bevor er davonflog. Manche nannten es Hokuspokus, andere ein Wunder, und wieder andere wollten nichts davon hören, aus Angst, selbst in den Bann des Unbegreiflichen gezogen zu werden.
Eines Abends jedoch sah eine Gruppe junger Männer den Taubenmann in einem ganz neuen

Licht. Sie hatten ihre Zeit im Wirtshaus verbracht und waren betrunken und laut auf dem Weg nach Hause. Der Taubenmann saß, wie immer, auf dem Brunnenrand, doch die Männer, in ihrer Trunkenheit und übermütigen Stärke, fühlten sich provoziert. Sie wollten den „Vogelflüsterer" ärgern, sich über ihn lustig machen. Einer der Männer nahm einen Stein und warf ihn in die Richtung des Taubenmanns. Es war ein harmloser Wurf, weit daneben, doch es war die Geste, die zählte. Plötzlich hob sich eine Wolke von Tauben vom Boden und umschloss die Männer, wild schlagend und krächzend. Die Vögel hackten nach den Händen, flatterten vor den Augen, und die Männer wichen panisch zurück, taumelnd und verängstigt. Der Taubenmann hatte sich nicht gerührt, doch die Vögel verteidigten ihn wie eine Armee, loyal und unbarmherzig.
Am nächsten Morgen erzählten die Männer im Wirtshaus, dass der Taubenmann kein Mensch sei. Sie sagten, er habe die Augen eines Raubvogels, dass er sogar gelyncht habe, und die Menschen dort lauschten und nickten – ein wenig verständnisvoll, ein wenig furchtsam.

Kapitel 5: Die Kinder von Teterow und der Taubenmann

Die Legende vom Taubenmann hatte die Erwachsenen zwar zum Schweigen gebracht, aber es waren die Kinder von Teterow, die ihm eine Art heimlichen Respekt entgegenbrachten. Für die Älteren war er kaum mehr als eine schmutzige, traurige Gestalt, doch in den Augen der Kinder war er ein stiller Schutzengel in Grau. Sie malten sich die wildesten Geschichten über ihn aus, Geschichten von geheimer Macht und Rätseln, die nur sie entdecken konnten. Wie ein geheimes Bündnis entstand zwischen den Kindern und dem Taubenmann, eines, das ohne Worte und doch voller unausgesprochener Regeln war. Die Stadt verwandelte sich für sie in einen Spielplatz der Wunder, und der Taubenmann war ihr mysteriöser Hüter.

In der ersten Woche nach dem Vorfall mit den betrunkenen Männern, die der Taubenmann ohne eine Geste durch seine Tauben vertrieben hatte, begannen die Kinder, kleine Geschenke am Brunnen niederzulegen. Sie ließen Murmeln, Zeichnungen und Bänder zurück, wie Opfergaben für einen stillen, unbenannten Gott. Kein Erwachsener verstand den Sinn hinter diesen Gaben, doch die Kinder fühlten eine stille Ehrfurcht. Für sie war er nicht nur eine Gestalt, sondern eine Macht, ein Wächter, der sie auf eine Art schützte, die sie noch nicht ganz begreifen konnten. Es war ein Spiel, aber eines, das eine tiefe Bedeutung für sie hatte.

Eines Morgens, als der Herbstwind über den Platz fegte und die ersten Blätter wie bunte Flecken über die Pflastersteine trieb, stand der zehnjährige Lukas allein am Brunnen. Seine Freunde waren noch nicht gekommen, und so entschied er sich, ein mutiges Experiment zu wagen. Er hatte gehört, wie einige ältere Jungen prahlten, dass der Taubenmann seine Kräfte nicht zeigen würde, wenn man allein war. Die Erwachsenen hatten ihm nie Aufmerksamkeit geschenkt, und Lukas wollte wissen, ob das stimmte.
Langsam schritt er auf den Taubenmann zu, der wie üblich in seinem grauen Mantel auf dem Brunnenrand saß, die Kapuze tief ins Gesicht gezogen, die Hände ruhig auf seinen Knien. Lukas konnte das Klopfen seines eigenen Herzens hören, das in seinem Brustkorb pochte wie das Stampfen eines weit entfernten Hammers. Als er nah genug war, hielt er an, starrte auf die graue Gestalt und räusperte sich leise.
„Taubenmann... kannst du mir auch helfen?“ flüsterte Lukas. Er wusste selbst nicht genau, was er damit meinte. Vielleicht erwartete er eine Art Wunder, ein Zeichen, irgendetwas, das seine Neugier stillen würde. Doch der Taubenmann rührte sich nicht. Nur die Tauben schienen ihn wahrzunehmen. Sie drehten die Köpfe, schauten mit ihren glänzenden Augen in Lukas' Richtung und sahen aus, als könnten sie seine Gedanken lesen.
Lukas fühlte sich plötzlich unbehaglich. Er wollte zurücktreten, als ein sanftes Rascheln von Flügeln ihn zur Stille brachte. Eine Taube, weiß und

makellos in ihrem Gefieder, landete sanft auf seiner Schulter. Lukas erstarrte und spürte das Gewicht des Vogels, das leichte Kratzen der Krallen durch seinen Pullover. Er wagte kaum zu atmen, als die Taube ihn ansah, direkt in die Augen, und er konnte einen Funken Intelligenz erkennen, der weit über das hinausging, was er für möglich gehalten hatte.

Die weiße Taube neigte den Kopf und stieß einen leisen Laut aus, ein sanftes Gurren, das wie ein ferner Ruf klang. Lukas konnte nicht sagen, ob er es sich einbildete oder ob es real war, aber er fühlte plötzlich eine seltsame Ruhe, die ihn durchströmte. Der Taubenmann hatte ihn noch immer nicht angesehen, doch die Tauben, die um ihn herum saßen, schienen alle seine Anwesenheit zu spüren, als wären sie mit ihm verbunden. Lukas spürte eine Art unbeschreibliche Verbindung, ein stilles Einverständnis, als wäre ihm ein Geheimnis anvertraut worden, das nur für ihn bestimmt war. Als er wieder klar denken konnte, stellte er fest, dass die Taube fortgeflogen war. Der Taubenmann saß weiter in seiner reglosen Stille, und Lukas hatte das Gefühl, dass ein uralter Zauber über den Platz gelegt worden war. Er wusste, dass er niemandem von diesem Moment erzählen konnte. Seine Freunde würden es nicht verstehen, und die Erwachsenen... die würden ihn nur auslachen.

In den folgenden Tagen kamen die anderen Kinder weiterhin zum Brunnen, aber Lukas fühlte, dass sich etwas verändert hatte. Der Taubenmann war nun mehr als ein Spiel oder eine geheimnisvolle Gestalt. Er war ein Geheimnis, das zu ihm gehörte, ein Stück seiner Welt, das nur er in seiner Tiefe begriff. Er legte weiterhin Murmeln und kleine Geschenke nieder, aber diesmal war es mehr als eine kindliche Geste. Es war ein Akt des Respekts, eine Ehrung für den stillen Schutzgeist, den er als Teil seines Lebens akzeptierte.

Die Tage zogen weiter ins Land, und die ersten Anzeichen des Winters legten sich wie ein Hauch über die Stadt. Die Kinder kamen weiterhin, brachten ihre Opfergaben, die der Wind bald forttrug oder die Vögel verstreuten. Und der Taubenmann saß, reglos und still, eine graue Säule des Geheimnisses, ein Wächter ohne Namen, der über die Kinder von Teterow wachte.

Doch unter dieser stillen Routine lauerte etwas Größeres, etwas, das tiefer ging als die kindliche Neugier oder die Geschichten, die sie sich über ihn erzählten. Sie wussten es nicht, aber sie spürten es – der Taubenmann war nicht von dieser Welt. Er war nicht einfach ein alter Mann, der mit Vögeln sprach und stumm am Brunnen saß. Er war ein Tor zu etwas Anderem, etwas, das jenseits des Verstandes lag, ein Stück der Mysterien, die die Menschen immer nur ahnen, aber nie ganz begreifen konnten.

Und so lebte die Legende des Taubenmanns weiter, still und tief verwurzelt in den Herzen der Kinder von Teterow.

Kapitel 6: Das Taubengeflüster

Die Tage wurden kürzer, und mit dem schwindenden Licht schien der Taubenmann noch unheimlicher in den Augen der Erwachsenen zu werden. Während die Kinder ihn weiterhin ehrten und in ihm einen stillen Schutzengel sahen, begannen die älteren Menschen in Teterow, seine Anwesenheit mit zunehmendem Unbehagen zu betrachten. Er saß da, Tag für Tag, wie ein grauer Schatten, während die Tauben sich immer zahlreicher um ihn versammelten. Im Spätherbst, als die Bäume ihre letzten Blätter verloren und die Stadt in trostlose Kälte gehüllt war, begann der Marktplatz wie ein einziges riesiges Taubennest zu wirken.
Die Menschen begannen sich zu fragen, warum die Vögel ihm so folgten. Es war, als wären sie nicht bloß seine Begleiter, sondern seine Wächter, seine Boten. Sie umkreisten ihn, als wäre er das Zentrum einer unsichtbaren Macht, und manchmal konnte man meinen, dass sie ihm Befehle erteilten oder Botschaften von ihm empfingen. Es schien, als ginge eine Art stiller, unhörbarer Dialog zwischen dem Taubenmann und den Vögeln vor sich. „Taubengeflüster", begannen die Menschen zu sagen, halblaut und in einem Ton, der die Grenze zwischen Faszination und Furcht erkennen ließ.
Eines Nachmittags, als der Himmel grau und schwer über der Stadt hing, bemerkte eine ältere Frau namens Helga etwas Seltsames. Sie saß auf einer Bank in der Nähe des Brunnens, wo der Taubenmann wie immer reglos verharrte. Die

Tauben umschwärmten ihn in einem leichten Halbkreis, und Helga, die normalerweise nichts für Aberglauben übrig hatte, konnte ihren Blick nicht von der Szene abwenden. Es war, als würde sich eine unsichtbare Welle um ihn herum ausbreiten, ein Flüstern, das sie nicht hören, aber auf eine seltsame Weise spüren konnte.

Plötzlich landete eine Taube neben ihr auf der Bank. Sie war anders als die anderen – größer, mit einem markanten, glänzenden Gefieder. Die Taube neigte den Kopf zur Seite und sah sie an, als würde sie etwas erwarten. Helga fühlte sich von diesem Blick wie eingefroren, unfähig, sich zu bewegen, als ob das Gewicht dieser Augen sie an die Bank ketten würde. Sie hatte das Gefühl, dass die Taube ihr etwas sagen wollte, etwas, das sich jenseits menschlicher Worte bewegte. Und in diesem Moment, so behauptete sie später, hörte sie ein Flüstern, ein Echo, das aus einer anderen Welt zu kommen schien, leise und doch klar, ein Grollen von Wörtern, die sie nicht verstehen konnte.

Es war nur ein Moment, und doch spürte Helga, dass sich etwas an ihr verändert hatte. Die Taube flog davon und schloss sich dem Schwarm um den Taubenmann an, als wäre nichts geschehen. Doch die alte Frau blieb zurück, ein merkwürdiges Gefühl der Leere in sich, als hätte der Vogel einen Teil ihres Herzens mit sich genommen. Sie stand langsam auf und ging davon, verwirrt und irgendwie untröstlich, und sie sprach nie wieder über diesen Augenblick.

Doch die Geschichten verbreiteten sich, und andere begannen, ähnliche Begegnungen zu erzählen. Es war fast so, als hätte der Taubenmann eine Armee aus unsichtbaren, geheimnisvollen Boten, die in die Gedanken der Menschen drangen und ihnen unhörbare Botschaften zuflüsterten. Bald entstand in Teterow das Gerücht, dass der Taubenmann die Tauben dazu benutzte, um in die Träume der Menschen einzudringen. Manchmal erwachten sie in der Nacht, Schweißperlen auf der Stirn, mit einem merkwürdigen Gefühl, als hätte jemand durch ihre Gedanken gestöbert.

Ein Mann, Herr Lange, erzählte, dass er eine Nacht lang nicht hatte schlafen können. Er hatte den Taubenmann immer für einen müßigen Spinner gehalten, eine verlorene Seele, die keinen Platz in der Stadt hatte. Doch in jener Nacht, als er halb zwischen Schlaf und Wachsein schwebte, sah er das Bild des Taubenmanns vor sich, das Gesicht nur ein Schatten unter der Kapuze, die Hände ausgestreckt, als ob sie etwas Greifbares suchten. Und in diesem Moment, so schwor Herr Lange, sah er die Tauben, eine Schar von hunderten, die wie ein lebendiger Nebel über ihm schwebten und ihm zuflüsterten, Worte, die wie Rauschen in seinen Ohren klangen, und doch erkannte er darin etwas, das wie sein eigener Name klang. Als er am nächsten Morgen aufwachte, fühlte er sich wie beraubt, als hätte ihm jemand seine eigene Seele gestohlen und durch eine leere Hülle ersetzt.

Diese Geschichten machten die Runde, und die Menschen mieden den Platz nach Einbruch der Dunkelheit. Einige begannen, Kreuze an ihren Türen anzubringen, in der Hoffnung, die

unhörbaren Stimmen fernzuhalten. Andere warfen Salz auf die Stufen ihrer Häuser und stellten Kerzen in die Fenster, als könnten sie so die Tauben und das unheimliche Flüstern fernhalten. Die Kinder jedoch, die weiterhin ihre kleinen Geschenke am Brunnen ablegten, schienen keine Furcht zu haben. Sie glaubten, der Taubenmann sei ihr stiller Freund, ein Wesen, das ihre Geheimnisse bewahrte und sie vor dem Unbekannten schützte.
Einige der Jüngeren behaupteten sogar, sie hätten das Taubengeflüster gehört, leise, während sie am Brunnen standen, als ob der Wind ihnen etwas zuflüsterte, das nur sie verstehen konnten. Sie erzählten einander von kurzen Sätzen und geheimen Botschaften, die sie angeblich vernommen hatten: „Die Dunkelheit kennt Dich", „Hör auf die Stimmen", „Halt die Augen offen." Die Erwachsenen schüttelten die Köpfe, erklärten es für Einbildung, doch die Kinder waren fest davon überzeugt, dass der Taubenmann ihnen etwas Bedeutungsvolles anvertraut hatte.
So lebten die Menschen von Teterow zwischen zwei Welten: der realen, in der der Taubenmann einfach nur ein stummer, seltsamer Außenseiter war, und der anderen, geheimnisvollen Welt, in der er ein Wesen jenseits der menschlichen Vorstellungskraft darstellte. Niemand konnte wirklich sagen, was er war, ob er ein Heiliger oder ein Dämon war, ein Mann oder ein Geist. Und so erzählten sich die Menschen in ihren Häusern weiterhin Geschichten über ihn, während der

Herbst in den Winter überging, und die Kälte die Stadt wie ein unsichtbarer Schleier bedeckte. Und der Taubenmann blieb. Er saß still und schweigend am Brunnen, umgeben von seinen Tauben, die ihn wie Schatten umrundeten, bereit, auf seine unsichtbaren Befehle zu lauschen, die wie Flüstern im Wind an ihnen vorbeizogen. Die Tauben, so sagten die Leute, hörten, was die Menschen nicht hörten, sahen, was die Menschen nicht sahen – und trugen das Wissen des Taubenmanns in sich, ein Geheimnis, das tief in die stillen Nächte von Teterow eingewoben war.

Kapitel 7: Unbeantwortete Fragen

Der Winter hielt Einzug in Teterow und legte die Stadt in ein stilles, eisiges Schweigen. Der Marktplatz war nur noch selten belebt, denn die klirrende Kälte hielt die Menschen drinnen, wo die Wärme der Holzöfen und die leise Musik aus den Radios sie in eine Art Winterschlaf versetzte. Doch auch in dieser frostigen Stille blieb der Taubenmann ein beständiges Rätsel, ein leises Mysterium, das sich hartnäckig den Fragen der Stadtbewohner widersetzte.

Die Geschichten und Gerüchte hatten ihn inzwischen zu einer Art Legende gemacht. Alte Frauen, die von früheren Zeiten erzählten, behaupteten, sie hätten schon als Kinder Geschichten von einem Taubenmann gehört, einem stillen Wächter, der über den Marktplatz wachte. Manche sagten, er sei ein Mann ohne Vergangenheit, der einfach eines Tages erschienen war und niemals altern würde, bis seine Aufgabe erfüllt sei – eine Aufgabe, die niemand so recht verstehen konnte. Andere munkelten, er sei ein verlorener Kriegsheimkehrer, der im Nebel des Krieges seinen Verstand und seine Stimme verloren hatte und nun mit den Tauben kommunizierte, weil sie die einzigen waren, die seine gepeinigte Seele verstehen konnten.

Eine junge Journalistin namens Clara, die erst vor kurzem in die Stadt gezogen war, hörte die Geschichten und konnte nicht widerstehen, das Mysterium zu erforschen. Sie hatte schon mehrere Artikel über die Besonderheiten kleiner Städte geschrieben, über Mythen und Sagen, und der Taubenmann schien ihr eine perfekte Geschichte zu bieten. In der Kälte eines Januarnachmittags beschloss sie, sich ihm zu nähern, ihm Fragen zu stellen und, wenn möglich, ein paar Antworten zu erhalten.

Clara kleidete sich warm und nahm ihr Notizbuch und ihren Stift mit, ihre Finger kalt trotz der Handschuhe. Sie beobachtete den Taubenmann aus der Ferne, wie er inmitten seines Federgewusels reglos auf dem Brunnenrand saß. Die Tauben flatterten um ihn herum, landeten auf seinen Schultern und auf dem Rand des Brunnens, als wären sie seine ständigen Begleiter und zugleich seine Schutzengel. Clara spürte einen leichten Schauder, der nichts mit der Kälte zu tun hatte, und doch fasste sie Mut und ging mit langsamen, leisen Schritten auf ihn zu.

„Entschuldigen Sie", begann sie zaghaft, als sie in seine Nähe kam. „Ich bin Journalistin und schreibe über Menschen und ihre Geschichten. Dürfte ich Sie etwas fragen?"

Der Taubenmann drehte den Kopf leicht in ihre Richtung, seine Augen tief verborgen unter der Kapuze. Er machte keine Anstalten, ihr zu antworten, aber Clara hatte das Gefühl, dass er sie sehr wohl wahrnahm. Es war, als sei er ein Schatten, ein Wesen, das sich entschieden hatte, nur als Beobachter zu existieren. Doch seine stille Präsenz war mächtiger als jedes Wort.

„Wie lange sind Sie schon hier? Warum kommen Sie jeden Tag zum Marktplatz?" Sie wartete auf eine Antwort, doch der Taubenmann blieb stumm. Er schien in eine andere Welt versunken

zu sein, eine, die für sie unsichtbar war, und Clara wurde das Gefühl nicht los, dass ihre Fragen für ihn bedeutungslos waren.
Eine Weile saß sie einfach nur da, neben ihm, und betrachtete das Spiel der Tauben. Sie landeten und flogen wieder auf, als ob sie einem unsichtbaren Takt folgten, einem Rhythmus, der nur ihnen bekannt war. Und je länger Clara dort saß, desto stärker spürte sie, dass es etwas an diesem Ort gab, etwas, das jenseits ihres Verständnisses lag. Sie begann zu glauben, dass der Taubenmann vielleicht nicht mit menschlichen Worten antworten konnte, sondern dass seine Geschichte in den stillen Momenten verborgen war, in den Schatten, die der Winter über den Platz legte.
Am nächsten Tag beschloss sie, ihre Nachforschungen zu vertiefen. Sie durchstöberte das Archiv der Stadtbibliothek, suchte nach alten Zeitungsartikeln, durchwühlte die Aufzeichnungen der Stadtgeschichte. Doch der Taubenmann war nirgends erwähnt. Kein Name, kein Foto, nichts. Es war, als sei er ein Geist, der ohne jede Spur in der Geschichte der Stadt wandelte. Die wenigen Geschichten, die sie fand, waren alte Sagen, Erzählungen, die von Generation zu Generation weitergegeben worden waren, nichts Greifbares, nur schattenhafte Legenden.
Clara begann zu zweifeln. Vielleicht war der Taubenmann wirklich nichts weiter als eine eingebildete Figur, ein Mythos, den die Menschen geschaffen hatten, um der Trostlosigkeit des Winters zu entkommen. Doch

etwas in ihrem Inneren sagte ihr, dass mehr dahintersteckte. Der Mann war da, jeden Tag, inmitten seiner Tauben, und er hatte eine Geschichte. Sie musste nur herausfinden, wie man sie hörbar machen konnte.
In den folgenden Tagen versuchte Clara, verschiedene Stadtbewohner zu befragen. Die meisten reagierten verschlossen, manche aus Angst, andere aus Skepsis. Eine alte Frau, die im Rathaus arbeitete, erklärte ihr, dass die Stadt seit Jahrzehnten Gerüchte über den Taubenmann kannte. Sie behauptete, dass es eine Zeit gegeben hatte, in der niemand den Marktplatz betrat, weil die Menschen glaubten, dass der Taubenmann ein Geist sei, ein ruheloser Wanderer, der im Nebel des Zweiten Weltkriegs gefangen war. Eine andere Frau sagte, sie habe gehört, dass der Taubenmann eine Art „Fluch“ sei, ein Schutzgeist der Stadt, der über die Kinder wachte und die Bösen verjagte.
Je mehr Clara über den Taubenmann erfuhr, desto verworrener wurde das Bild. Sie fand Hinweise, die darauf hindeuteten, dass er eine Art spirituelle Verbindung zu den Tauben hatte, dass sie seine Augen und Ohren waren. Doch was bedeutete das? Wer war dieser Mann, der sprachlos und stumm, inmitten einer Schar von Vögeln, Tag für Tag am Brunnen saß?
Eines Abends, als Clara fast die Hoffnung aufgegeben hatte, wagte sie einen letzten Versuch. Sie schrieb einen kurzen Brief und legte ihn am nächsten Morgen auf den Brunnenrand. „Wer bist du?“ stand in dem Brief. „Was ist deine Geschichte?“

Sie ließ das Blatt Papier dort und entfernte sich, ohne zurückzublicken. Den ganzen Tag über verspürte sie eine merkwürdige Unruhe, ein Gefühl, als hätte sie etwas Wichtiges in die Welt hinausgeschickt. Als sie am Abend zurückkehrte, war der Brief verschwunden. Ob ihn jemand fortgenommen hatte, konnte sie nicht sagen, doch sie glaubte, dass der Taubenmann ihn gelesen hatte. Vielleicht war dies die einzige Antwort, die sie je erhalten würde.

Kapitel 8: Ein Hauch von Übernatürlichem

Der Winter in Teterow war hart und erbarmungslos. Die Straßen und der Marktplatz lagen in eisiger Stille, während Schnee und Nebel die Stadt in ein unheimliches, gedämpftes Licht tauchten. Für viele Bewohner hatte sich die Anwesenheit des Taubenmanns zu einem düsteren Mysterium verdichtet. Die Geschichten und Gerüchte, die sich im Laufe der letzten Monate um ihn rankten, schienen sich in der kalten Luft zu verhärten, wie der Frost auf den Fensterscheiben der Häuser.

Die Kinder hielten weiterhin ihre rituellen Besuche beim Brunnen ab. Ihre kleinen Opfergaben – Murmeln, Knöpfe, gezeichnete Bilder – häuften sich am Fuße des Brunnens, und jeden Morgen, wie durch ein Wunder, waren sie verschwunden, als hätte der Taubenmann sie in der Nacht eingesammelt. Doch niemand hatte ihn je dabei gesehen. Die Erwachsenen hatten begonnen, einen Bogen um den Marktplatz zu machen, besonders bei Einbruch der Dunkelheit. Es hieß, dass der Taubenmann und seine graue Armee von Vögeln im Schutz der Nacht erwachten, dass die Tauben ihn umringten und er dann, in der frostigen Stille, Worte sprach, die nur sie verstehen konnten.

An einem eisigen Morgen im Januar, als die Kälte fast unerträglich wurde, beobachtete Clara, die Journalistin, den Platz aus sicherer Entfernung. Sie hatte inzwischen die Hoffnung aufgegeben, klare Antworten über den Taubenmann zu finden. Doch etwas in ihr drängte sie, weiterzumachen,

auch wenn alles, was sie fand, nur noch mehr Fragen aufwarf. Während sie den Taubenmann aus der Distanz betrachtete, bemerkte sie plötzlich, dass der Nebel, der den Marktplatz einhüllte, sich um ihn herum zu verdichten schien. Es war, als würde eine unsichtbare Macht ihn in eine Hülle aus grauer Feuchtigkeit kleiden.
Clara schüttelte den Kopf, als wolle sie das Bild vertreiben. Doch der Nebel blieb, dick und schwer, beinahe wie eine lebendige Masse, die sich um den Taubenmann legte. Sie konnte kaum glauben, was sie sah, doch die Umrisse des Mannes schienen zu verschwimmen, als hätte er sich in den Nebel aufgelöst. Die Tauben, die ihn normalerweise umgaben, blieben jedoch sichtbar, schwebten wie kleine Schatten in der Luft und kreisten um den Punkt, an dem er gesessen hatte.
Es war nur ein Augenblick, und doch reichte dieser Moment, um Claras Zweifel ins Wanken zu bringen. Hatte sie sich das eingebildet, oder war der Taubenmann wirklich in etwas übernatürliches, etwas unbegreifliches eingebettet? Sie wagte nicht, sich dem Platz zu nähern, und blieb im Schutz einer nahegelegenen Straßenecke stehen, das Herz in der Brust schlagend wie eine Trommel.
In den Tagen, die folgten, hörte Clara immer wieder Gerüchte über ähnliche seltsame Phänomene. Eine ältere Frau behauptete, sie habe mitten in der Nacht Stimmen auf dem Marktplatz gehört, eine Art Gesang, tief und traurig, als käme er aus einer anderen Welt. Ein anderes Gerücht besagte, dass jemand den

Taubenmann nachts beim Brunnen gesehen habe, umgeben von einer leuchtenden Aura, und die Tauben hätten in einem Kreis um ihn gesessen, als führten sie ein uraltes Ritual auf. Diese Geschichten waren so bizarr, dass Clara selbst kaum daran glauben konnte, doch die Augen der Menschen, die sie erzählten, waren weit und von einer Überzeugung durchdrungen, die sie nicht leugnen konnte.

Dann, an einem weiteren kalten Abend, wagte Clara einen weiteren Schritt. Sie beschloss, den Marktplatz bei Nacht zu besuchen. Sie zog sich so warm an wie möglich und wartete bis weit nach Mitternacht, als die Stadt völlig in Dunkelheit lag und nur das schwache Licht der Straßenlaternen durch den Nebel drang. Mit klopfendem Herzen schlich sie zum Brunnen, an dem der Taubenmann jeden Tag saß, und suchte nach Spuren, nach irgendeinem Zeichen seiner nächtlichen Anwesenheit.

Der Platz war still und verlassen, die Luft klirrend kalt. Doch plötzlich, als sie näher an den Brunnen trat, fiel ihr Blick auf etwas Ungewöhnliches: Auf dem Rand des Brunnens, dort, wo der Taubenmann immer saß, war eine dünne Schicht aus feinem, silbrigem Staub. Er glitzerte im Mondlicht wie gefrorene Sterne, und Clara spürte einen seltsamen Schauer über den Rücken laufen, als sie ihre Hand ausstreckte und einen Finger in den Staub tunkte. Er war kalt, kälter als alles, was sie jemals gespürt hatte, und es durchzog sie ein stechendes Gefühl, das ihre Hand beinahe taub machte.

Mit angehaltenem Atem zog sie ihre Hand zurück und starrte auf ihre Fingerspitze. Der Staub schien zu verschwinden, als hätte sie ihn sich nur eingebildet, doch das Gefühl der Kälte blieb, und sie konnte den Gedanken nicht abschütteln, dass sie etwas berührt hatte, das aus einer anderen Welt stammte. Sie trat zurück, das Herz pochte in ihrer Brust, und ohne einen weiteren Blick eilte sie zurück, weg vom Platz, weg von dem unerklärlichen Staub, der ihr nun wie ein böses Omen erschien.

In den folgenden Tagen mieden die Menschen den Marktplatz noch mehr als zuvor. Auch Clara wagte es nicht mehr, ihn bei Nacht zu besuchen, doch die Erfahrung ließ sie nicht los. Immer wieder hörte sie von anderen Bewohnern, dass auch sie den merkwürdigen, silbrigen Staub gesehen hatten, immer genau dort, wo der Taubenmann saß. Manche sagten, es sei Feenstaub, andere nannten es die „Asche der Geister". Doch keiner wusste wirklich, was es war oder woher es kam.

Schließlich begannen einige der Ältesten zu flüstern, dass der Taubenmann ein Bote aus einer anderen Welt sei, ein Wesen, das jenseits des menschlichen Verstehens existiere. Sie sagten, dass die Tauben sein „Gefolge" seien, Wächter, die seine Anwesenheit aufrechterhielten, damit er in der Welt der Lebenden bleiben konnte. Diese Geschichten verbreiteten sich wie ein Lauffeuer, und obwohl die meisten Menschen es als Aberglauben abtaten, konnte niemand die unheimliche Faszination leugnen, die der Taubenmann auf alle ausübte.

Und so wurde der Marktplatz im Winter zu einem stillen, fast heiligen Ort, einem Ort, an dem die Grenzen zwischen dieser Welt und einer anderen verschwammen. Die Menschen wussten, dass der Taubenmann immer noch jeden Tag dort saß, schweigend, wie ein lebendiges Denkmal. Doch niemand wagte es mehr, ihm zu nahe zu kommen. Denn jeder wusste, dass der Taubenmann nicht nur ein Mensch war – er war ein Geheimnis, ein Relikt aus einer anderen Dimension, das sich in die stille Stadt Teterow eingeschlichen hatte und sie in seinen Bann zog.

Kapitel 9: Ein außerirdischer Hinweis

Der Winter hatte die Straßen von Teterow in eine harte, gefrorene Landschaft verwandelt, und der Marktplatz lag still und verlassen, so als würde er den Atem anhalten. Es gab nur noch wenige, die den Mut aufbrachten, am Brunnen entlangzugehen, wo der Taubenmann seit Monaten saß, Tag für Tag. Die mysteriösen Erscheinungen und der silberne Staub hatten das Interesse der Menschen geweckt, doch sie hatten auch eine Furcht hinterlassen, die die Stadt in ein stummes Misstrauen hüllte. Die Menschen vermieden den Platz, als wüssten sie, dass etwas Unbekanntes und vielleicht Bedrohliches darauf wartete, entdeckt zu werden.
Doch eines Tages änderte sich etwas. Eine Gruppe von Wissenschaftlern tauchte in Teterow auf, unerwartet und mit einem kühlen, professionellen Auftreten, das jeden, der ihnen begegnete, verstummen ließ. Sie trugen dunkelblaue Jacken und Ausrüstung, die sonst nur in großen, modernen Labors zu sehen war, und schienen seltsam fehl am Platz in der kleinen, verschlafenen Stadt. Die Bewohner starrten sie misstrauisch an und flüsterten sich zu, als die Forscher ihre Messgeräte am Rand des Marktplatzes aufstellten. Niemand wusste genau, wer sie waren oder was sie untersuchten, doch ein unruhiges Gefühl begann sich zu verbreiten. Clara, die Journalistin, die den Taubenmann monatelang beobachtet und über ihn geschrieben hatte, war sofort aufmerksam

geworden. Sie versuchte, mit einem der Forscher zu sprechen, doch dieser wies sie nur höflich, aber bestimmt ab. „Wir untersuchen Anomalien im lokalen Magnetfeld", sagte er knapp und vermied ihren bohrenden Blick. Clara konnte spüren, dass er etwas verheimlichte. Was auch immer sie hierhergeführt hatte, war kein gewöhnliches Naturphänomen.

In den folgenden Tagen begannen die Wissenschaftler, verschiedene Bereiche des Platzes zu untersuchen, und Clara beobachtete aus sicherer Entfernung, wie sie insbesondere um den Brunnen herum Messungen vornahmen, genau an den Stellen, an denen der silberne Staub gefunden worden war. Es dauerte nicht lange, bis die Menschen in Teterow zu flüstern begannen, dass der Taubenmann etwas mit dieser „Anomalie" zu tun hatte. Die alten Geschichten von Schutzgeistern und Flüchen schienen plötzlich glaubwürdiger, und die Menschen sprachen davon, dass der Taubenmann womöglich kein gewöhnlicher Mensch war – sondern etwas Fremdes, etwas Außerirdisches.

Eines Nachmittags sah Clara, wie die Forscher in einer intensiven Diskussion vertieft waren. Einer von ihnen, ein Mann mit scharfen Gesichtszügen und einem durchdringenden Blick, deutete wieder und wieder auf den Brunnen und den Taubenmann, als wäre er überzeugt, dass dieser der Schlüssel zu ihren Untersuchungen war. Clara wagte sich näher heran und konnte einige ihrer Worte aufschnappen. „Das Muster ist zu gleichmäßig…", hörte sie den Wissenschaftler

sagen. „So etwas findet man nicht in natürlichen Prozessen."
Die Worte blieben ihr im Kopf, und sie versuchte sich einen Reim darauf zu machen. Sie sprach mit den wenigen Anwohnern, die sie kannte, und fragte sie, ob sie jemals etwas Ungewöhnliches über den Taubenmann gehört hatten. Eine alte Frau erzählte ihr, dass es schon immer Gerüchte über ihn gegeben habe, selbst als sie noch ein Kind war. „Es heißt, er sei gekommen, um uns zu beobachten", flüsterte die Frau und blickte ängstlich über die Schulter. „Er ist kein Mensch. Er ist ein Beobachter."
Clara verwarf den Gedanken zunächst als Aberglaube, doch sie konnte das mulmige Gefühl nicht abschütteln, dass mehr hinter diesen Worten steckte. In dieser Nacht legte sie sich mit einem unruhigen Kopf schlafen, doch kaum hatte sie die Augen geschlossen, tauchte der Taubenmann in ihren Träumen auf, eingehüllt in ein seltsames Licht, das ihm eine übernatürliche Aura verlieh. Er stand inmitten seiner Tauben, die um ihn kreisten wie lebendige Sterne, und sprach mit ihnen in einer Sprache, die sie nicht verstand, aber tief in sich spüren konnte.
Am nächsten Morgen beschloss sie, einen letzten Versuch zu wagen, mit einem der Forscher zu sprechen. Sie wartete am Rand des Marktplatzes und sah, wie sie ihre Geräte abbauten.
Schließlich nahm sie allen Mut zusammen und trat auf den Leiter der Gruppe zu, der wie immer ernst und reserviert wirkte. „Ich muss wissen, was Sie hier wirklich suchen", sagte sie und hielt seinem

skeptischen Blick stand. „Ist es der Taubenmann? Glauben Sie, dass er nicht von dieser Welt ist?" Der Wissenschaftler zögerte, sah sie eindringlich an, als würde er prüfen, ob sie mit der Wahrheit umgehen konnte. Dann lehnte er sich näher zu ihr und senkte die Stimme. „Wir können nichts bestätigen", flüsterte er, „aber die Anomalien, die wir gemessen haben… sie entsprechen keinem natürlichen Phänomen, das wir kennen. Das Muster der magnetischen Felder um diesen Platz… es ist fast, als würde es eine Botschaft aussenden. Und der Mann…" Er verstummte, schüttelte den Kopf und trat zurück, als wäre er bereits zu weit gegangen.

Clara blieb wie versteinert stehen und sah zu, wie die Forscher davongingen. Die Worte des Wissenschaftlers hallten in ihrem Kopf wider. Eine Botschaft. Sie wusste, dass sie etwas Außergewöhnliches gehört hatte, doch sie konnte kaum begreifen, was es bedeutete. War der Taubenmann tatsächlich mehr als nur ein seltsamer, schweigender Außenseiter? War er ein Bote, ein Wesen, das hierhergesandt worden war, um zu beobachten – oder vielleicht, um etwas zu übermitteln, das die Menschen nicht verstehen konnten?

In den Tagen, die folgten, ließ Clara die Sache nicht mehr los. Sie sprach mit den wenigen Menschen, die den Taubenmann noch zu Gesicht bekamen, und hörte von anderen seltsamen Vorfällen. Ein Mann berichtete, dass er ihn im Nebel beobachtet hatte, wie er die Hand hob und auf den Himmel deutete, während seine Tauben sich in einer Spirale um ihn drehten. „Es war, als würde er ein Zeichen senden", sagte der Mann und schauderte. Andere behaupteten, sie hätten nachts Lichter über dem Marktplatz gesehen, schwache, flackernde Leuchten, die wie Sterne erschienen und dann plötzlich wieder verschwanden.

Der Marktplatz, der einst ein Ort des alltäglichen Lebens war, hatte sich in ein rätselhaftes Zentrum des Unerklärlichen verwandelt, und die Bewohner von Teterow hielten nun endgültig Abstand. Die meisten wollten nichts mit den Geschehnissen zu tun haben. Nur die Kinder, die ihn weiterhin ehrten und von ihm fasziniert waren, spürten keine Angst. Sie legten weiterhin kleine Opfergaben am Brunnen nieder und flüsterten ihm ihre kindlichen Wünsche zu, wie einem alten Freund.

Für Clara jedoch war die Grenze zwischen Faszination und Furcht längst überschritten. Sie wusste, dass sie eine Geschichte aufgedeckt hatte, die weit über das hinausging, was sie sich jemals hätte vorstellen können. Und tief in sich spürte sie, dass der Taubenmann mehr war als nur ein Mann – dass er ein Geheimnis in sich trug, ein Geheimnis, das vielleicht niemals vollständig enthüllt werden würde.

Kapitel 10: Die Enthüllung

Die letzten Tage des Winters brachten eisigen Wind und schneidende Kälte nach Teterow, doch die Menschen spürten, dass eine Veränderung in der Luft lag. Gerüchte um den Taubenmann und die seltsamen Ereignisse auf dem Marktplatz hatten sich in der Stadt wie ein dichter Nebel ausgebreitet, und die Faszination für die geheimnisvolle Gestalt war von einer leisen Beklemmung begleitet. Die Forscher waren längst verschwunden, aber ihre Untersuchungen hatten Spuren hinterlassen, die nicht einfach verblassten. Die Menschen erzählten immer noch von der „Botschaft", die man im magnetischen Feld gemessen hatte, und von den leisen, rätselhaften Stimmen, die manche nachts auf dem Platz gehört hatten. Niemand wusste, was der Taubenmann wirklich war, und doch war sich jeder sicher, dass er etwas Verborgenenes in sich trug.

Clara konnte die Gedanken an den Taubenmann nicht loslassen. Sie verbrachte die Abende damit, ihre Notizen durchzugehen, die Gespräche, die sie geführt hatte, die Beobachtungen, die sie gemacht hatte. Sie hatte das Gefühl, einer Offenbarung so nahe zu sein, dass sie es beinahe greifen konnte, und doch blieb es unklar, unscharf wie eine verschwommene Erinnerung. In einer frostigen Februarnacht entschied sie, einen letzten Besuch beim Marktplatz zu wagen. Sie nahm ihr Notizbuch und einen alten Fotoapparat mit, den

sie aus dem Archiv ausgeliehen hatte, und schlich in die eisige Dunkelheit hinaus.
Der Platz lag still und leer, beleuchtet von der bleichen Scheibe des Mondes, der sich durch die Wolken schob. Der Brunnen und die steinernen Umrisse des Taubenmanns schienen in dieser silbernen, geisterhaften Atmosphäre noch geheimnisvoller, fast unwirklich. Clara trat vorsichtig näher und sah, dass der Taubenmann auf dem Brunnenrand saß, eingehüllt in seinen Mantel, die Kapuze tief ins Gesicht gezogen. Die Tauben waren in einem dichten Schwarm um ihn versammelt, ruhiger als je zuvor, als ob sie etwas erwarten würden.
Plötzlich wurde der Platz von einem schwachen, grünlich schimmernden Licht erhellt. Clara starrte, unfähig, den Blick abzuwenden, als der Schein intensiver wurde. Es kam aus dem Inneren des Brunnens und schien den Taubenmann von unten zu erleuchten, wie ein Licht aus einer anderen Welt, das ihn in einen seltsamen Glanz hüllte. Die Tauben erhoben sich lautlos und begannen, in einem immer schneller werdenden Kreis um ihn zu fliegen, bis sie wie ein lebendiges Band aus Federn und Schatten wirkten. Clara konnte das Zittern in ihren Händen spüren, doch sie wagte es nicht, sich zu rühren.
In diesem Moment hob der Taubenmann langsam den Kopf. Clara konnte sein Gesicht nicht sehen, nur die Konturen, die in dem geisterhaften Licht verschwammen, doch sie spürte, dass er sie wahrnahm. Ein seltsames Gefühl durchströmte sie – ein tiefes, ruhiges Wissen, als ob ihr ein Geheimnis offenbart würde,

das schon immer in ihr gelegen hatte, verborgen unter Schichten von Angst und Neugier.
„Wer bist du wirklich?“ flüsterte sie, mehr zu sich selbst als zu ihm, doch die Worte schienen sich in der Luft zu verlieren, ungehört in die eisige Dunkelheit zu sickern.
Da begann der Taubenmann zu leuchten. Sein Körper, der Mantel, die Kapuze, alles schien in das schimmernde Licht überzugehen, als ob er sich auflösen würde, als ob die Materie, aus der er bestand, nicht mehr in diese Welt passte. Die Tauben flogen immer schneller und wurden schließlich zu einem einzigen, kreisenden Wirbel, der wie ein lebender Strom aus Schatten und Licht um ihn herum wogte. Dann, mit einem einzigen, eindringlichen Schrei, der die Stille durchbrach, lösten sich die Tauben von ihm, stiegen in die Höhe und verschwanden in der Dunkelheit.
Als das Licht verblasste, blieb nur noch der Taubenmann zurück, still und regungslos, und Clara wusste, dass der Moment gekommen war. Sie konnte es nicht erklären, doch sie spürte, dass dies der Abschied war, der Augenblick, in dem er ihr das letzte Stück seines Geheimnisses preisgab.
Der Taubenmann hob die Hand und zeigte auf den Mond, und Clara spürte ein tiefes, überwältigendes Gefühl von Ehrfurcht. Es war, als würde er sie auffordern, hinaufzuschauen, als gäbe es etwas, das sie verstehen sollte.
In dem Augenblick, als sie ihrem Blick folgte, spürte sie, wie eine Welle von Erinnerungen über sie hereinbrach, Erinnerungen, die sie nie besessen hatte. Bilder von Sternen, von fremden

Welten, von unvorstellbaren Weiten flackerten vor ihrem inneren Auge auf. Sie sah den Taubenmann nicht mehr als Mensch, sondern als eine Gestalt, die durch die Zeit gereist war, ein Wesen, das gekommen war, um zu beobachten, um Zeuge zu sein. Sie verstand, dass er ein Bote war, ein Wanderer aus einer anderen Welt, der sich für eine Zeit lang in Teterow niedergelassen hatte, um die Menschen zu studieren, sie zu beschützen und ihnen vielleicht sogar ein Stück Weisheit zu hinterlassen.
Dann, so plötzlich wie das Licht gekommen war, verblasste der Glanz des Brunnens. Der Taubenmann war verschwunden. Clara stand allein auf dem Marktplatz, das Herz noch immer pochen und die Kälte wie ein unerbittlicher Mantel um ihre Schultern. Sie spürte, dass sie etwas Bedeutendes erlebt hatte, etwas, das sie niemals vergessen würde, und doch wusste sie, dass sie es niemandem erklären konnte. Die Geschichte des Taubenmanns würde für immer ein Geheimnis bleiben, ein Rätsel, das nur die Augen der Tauben wirklich verstanden.
In den folgenden Tagen breitete sich die Nachricht aus, dass der Taubenmann verschwunden war. Der Brunnen war leer, und die Tauben, die ihm immer treu gefolgt waren, hatten sich in alle Winde verstreut. Die Menschen begannen, sich wieder auf den Marktplatz zu wagen, doch niemand sprach laut darüber, und die wenigen, die das silberne Leuchten gesehen hatten, behielten es für sich.
Clara verließ Teterow kurz darauf. Sie trug das Erlebnis mit sich, ein leises, unbegreifliches Wissen,

das in ihr ruhte, wie ein Traum, den sie nicht loslassen konnte. Der Taubenmann war nicht mehr dort, und doch wusste sie, dass seine Anwesenheit für immer in der Stadt spürbar bleiben würde – wie ein Schatten, der nur in den Augenblicken zwischen Nacht und Tag sichtbar war, wie ein leises, unsichtbares Flüstern, das nur die Kinder hörten, die noch immer heimlich am Brunnen ihre kleinen Geschenke niederlegten. Die Geschichte des Taubenmanns lebte in Teterow weiter, als Legende, als ein Stück unausgesprochenes Wissen, das in den Herzen der Menschen weiterpochte. Und wann immer jemand einen Schwarm Tauben über den Platz ziehen sah, glaubte er, für einen kurzen Moment, ein Zeichen zu sehen, ein Echo des geheimnisvollen Wesens, das gekommen war, um zu beobachten und zu verstehen.